Theo Schwartz
lebt als Autor, Redakteur und Übersetzer in der Nähe von München. Nach seinem Studium arbeitete er für verschiedene Kinder- und Jugendbuchverlage und betreut für SchneiderBuch die Buchserien „Bibi Blocksberg“ und „Bibi und Tina“.

Theo Schwartz

Bibi & Tina®

Das Findel-Fohlen

nach Ulf Tiehm

Schneider Buch
EGMONT

Redaktion der Neuauflage: Jutta Dahn
Lizenz durch KIDDINX Media GmbH,
Lahnstraße 21, 12055 Berlin
www.bibiundtina.de

verlegt durch EGMONT Verlagsgesellschaften mbH,
Gertrudenstraße 30–36, 50667 Köln

Titelbild: KIDDINX Studios GmbH, Berlin
Illustrationen: Corporacion Tavena 2000 S. L., Barcelona
Titelgestaltung: a1grafik Ariane Benhidjeb, Berlin
Satz: Greiner & Reichel, Köln
Druck und Bindung: GGP Media GmbH, Pößneck
ISBN 978-3-505-12964-3

12 13 / 8 7 6 5 4 3 2 1

Inhalt

Bibi Blocksberg, die kleine Hexe aus Neustadt, und ihr Lieblingspferd Sabrina

Tina Martin, Bibis beste Freundin,
und ihr Pferd Amadeus

Alexander von Falkenstein,
Tinas Freund

Susanne Martin, Holgers und Tinas Mutter, und Pächterin des Martinshofs

Graf Falko von Falkenstein,
Alexanders Vater

Wie alles anfing ...

Eine knappe Reitstunde von dem Dörfchen Falkenstein entfernt liegt der Martinshof. Frau Martin, die hier mit ihren Kindern Holger und Tina lebt, hat den Hof von dem Grafen Falko von Falkenstein gepachtet. Das Schloss des Grafen liegt zwischen hohen Tannen versteckt, vom Martinshof aus kann man seine Türme sehen.

Der Martinshof ist ein Reiterhof. Hier gibt der schon erwachsene Holger Stadtkindern Reitunterricht und kümmert sich um alle anfallenden Arbeiten. Er ist der „Mann fürs Grobe", während seine Schwester Tina ihrer Mutter im Haushalt hilft und sich um die Pferde kümmert. Tina ist vierzehn Jahre alt und hat eine gute Freundin: Bibi Blocksberg, die kleine Hexe aus Neustadt.

Das Dorf Falkenstein ist von Neustadt aus mit dem Bummelzug zu erreichen, aber Bibi kommt lieber auf ihrem Hexenbesen Kartoffelbrei angereist. Eine Hexe hat schließlich auch ihren Stolz!

Jeden Tag, jede freie Woche verbringt Bibi auf dem Martinshof, und in den Ferien darf sie mit Erlaubnis ihrer Eltern auch schon mal länger bleiben. Barbara Blocksberg, die große Hexe, ist häufig auf Hexenkongressen zu Gast, und Bernhard Blocksberg ist dann „Strohwitwer“ und macht es sich mit einem spannenden Krimi in seinem Lieblingssessel gemütlich. Bibis Eltern wissen, dass ihre pferdebegeisterte Tochter auf dem Martinshof gut aufgehoben ist. Für Bibi ist der Hof eine zweite Heimat geworden, und jedes Mal vergießt sie beim Abschied bittere Tränen.

„Aber“, so tröstet Frau Martin sie immer, „wer nicht geht, kommt nicht wieder. Bis zum nächsten Mal, Bibi!“

Leider vergeht für Bibi die Zeit daheim viel zu langsam, aber auch eine kleine Hexe muss zur Schule gehen, und das Jahr besteht nun mal nicht nur aus Ferien. Doch irgendwann ist es wieder einmal so weit. Hei! Die Schultasche fliegt in die Ecke, Bibi packt eilig zusammen, was sie für den Aufenthalt auf dem Martinshof braucht, verkleinert ihr Gepäck kurzerhand mit einem Hexspruch und steigt dann auf Kartoffelbrei.

„Eene meene Faschingsschwof, düse ab zum Martinshof! Hex-hex!“, befiehlt sie ihrem Besen, und ab geht die Post!

Ist das eine Freude, wenn die beiden Mädchen sich wiedersehen! Ihr erster Weg führt Bibi in den Pferdestall zur Box ihrer Lieblingsstute Sabrina. Im Nu hat sie Sabrina gesattelt, Tina macht den Hengst Amadeus zum Ausritt bereit, und dann ist ein Wettreiten angesagt. *Ein* Wettrennen? Nein, bei einem belassen es die Mädchen nicht, mindestens dreimal am Tag galoppieren sie über Wiesen und Wege und schmettern dabei ihr Lied. Sie haben es selbst komponiert und getextet und sind darauf mit Recht sehr stolz:

Hufe klappern, Pferde traben,
springen übern Wassergraben,
über Stock und über Stein,
wer kann das wohl sein?
Das sind Bibi und Tina
auf Amadeus und Sabrina!
Sie jagen im Wind,
sie reiten geschwind,
weil sie Freunde sind!
Weil sie Freunde sind!
Und ist der Graben mal zu breit,
für Bibi ist das keine Schwierigkeit!
Aufgesessen, lang die Zügel,
sattelfest den Fuß im Bügel,
über Felder, über Weiden,
jeder kennt die beiden!

Ein unerwarteter Feriengast

Auf der Straße nach Falkenstein war Frau Martin mit dem Pferdewagen unterwegs. Der Bahnhof von Falkenstein war ihr Ziel, denn heute am Freitag sollten neue Feriengäste eintreffen. Sie hatte Max und Moritz vorgespannt und fuhr gemütlich die Landstraße entlang. Plötzlich schnaubten die beiden Ponys und kamen für einen Moment aus dem Tritt. Das lag aber nicht an dem Pfeifen der Lokomotive, das aus der Nähe zu vernehmen war, nein, hinter ihr erklang das Hufeklappern von galoppierenden Pferden, die sich rasch näherten.

Es waren Bibi und Tina auf Sabrina und Amadeus. Sie hatten sich auch auf den Weg zum Bahnhof gemacht, denn Tinas Mutter hatte es gern, wenn die beiden Mädchen die neu Angekommenen begrüßten und auf dem Heimweg neben der Kutsche herritten. So kamen die Ferienkinder gleich in die richtige Reiterhofstimmung.

Während Max und Moritz den Wagen mit Frau Martin nach Falkenstein zogen, hatten Bibi und Tina die Gelegenheit zu einem Wettreiten genutzt. Heute traten sie nicht nur gegeneinander an, heute wollten sie sogar die Eisenbahn überholen, die aus Rotenbrunn gefahren kam. Schon von weitem war zu hören, wie die Mädchen lautstark ihre Pferde anfeuerten.

„Schneller, Sabrina!“, rief Bibi. „Diese lahme Lok überholst du doch locker!“

„Und wir überholen *euch* locker!“, gab Tina zurück. „Jaaa, Amadeus! Genau so!“

„Na, warte!“ Bibi drückte sich enger an den Hals ihrer Stute. „Mehr Tempo, Sabrina! Du kriegst einen Riesenapfel, wenn du Amadeus abhängst!“

„He! He!“, protestierte Tina. „Keine Bestechung!“

„Mach's doch auch so wie ich!“ Bibi lachte, als Sabrina sich um eine Kopflänge an Amadeus vorbeischob. „Wie du siehst, funktioniert es. Wir sehen uns dann am Bahnhof, Tina!“

Max und Moritz, die im leichten Trab dahinzuckelten, waren natürlich keine Konkurrenz für die Mädchen. Die beiden überholten im gestreckten Galopp den Wagen mit Frau Martin und winkten ihr vergnügt zu.

„Hi, Mutti!“, grüßte Tina. „Keine Zeit zum Quatschen! Wir haben's eilig!“

„Bis nachher am Bahnhof, Frau Martin!“, rief Bibi über die Schulter zurück.

„Kinder! Kinder!“ Die Besitzerin des Martinshofes musste lachen. „Wie soll ich die Ponys im Zaum halten, wenn ihr hier so vorbeidonnert?

Der Zug hatte den Bahnhof wieder verlassen, und auf dem Bahnsteig standen zwei Mädchen und zwei Jungen mit ihrem Gepäck und blickten sich suchend um. Da kam schon Frau Martin auf sie zugelaufen. Für einen Moment stutzte sie. Sie hatte doch nur drei Neuankömmlinge erwartet: Einen Jungen namens Mark und zwei Mädchen namens Karin und Gabi. Der zweite Junge neben ihnen schien aber irgendwie dazuzugehören. Sie begrüßte zunächst Gabi, Karin und Mark und verglich ihre Namen mit denen auf ihrer Liste. Dann wandte sie sich freundlich an den zweiten Jungen.

„Hallo, junger Mann. Bist du auch auf Ferienbesuch hier?"

„Na klar doch", antwortete er. „Ich bin Kevin Krüger."

„Grüß dich, Kevin. Wen besuchst du?"

„Das wissen Sie doch", antwortete er. „Ich komme mit zum Martinshof."

„Mit zu uns?" Frau Martin blickte amüsiert in die Runde. „Ihr wollt mich wohl auf den Arm nehmen?"

„Aber nein!" – „Wieso denn?" – „Wie kommen Sie denn darauf?"

FALKENSTEIN

„Ihr habt euch das nicht während der Zugfahrt hierher ausgedacht?“

„Ganz bestimmt nicht“, beteuerte Karin, und Gabi fügte hinzu: „Wir haben uns im Zug kennengelernt. Kevin hat gesagt, er kommt mit uns.“

Frau Martin war leicht verwirrt. „Verwechselst du vielleicht etwas, Kevin? Meinst du den Reiterhof in Rotenbrunn? Ich habe nämlich keine Anmeldung von dir.“

Doch der Junge beharrte auf seinem Standpunkt: „Nein, nicht nach Rotenbrunn. Bestimmt nicht. Ich weiß doch, wo ich hin muss. Auf den Martinshof.“

„Es liegen aber nur die Anmeldungen von Karin, Gabi und Mark vor“, stellte Frau Martin fest. „Wir haben auch nur Platz für drei neue Gäste.“

„Und was geschieht jetzt?“, fragte Kevin und wurde ganz aufgeregt. „Wollen Sie mich etwa hier auf dem Bahnhof sitzen lassen? Wo soll ich denn hin?“

„Keine Angst, Kevin.“ Frau Martin legte ihm

beruhigend den Arm um die Schulter. „Du kommst erst einmal mit. Wir kriegen bestimmt heraus, was schiefgelaufen ist. Für eine Nacht werden wir schon ein warmes Plätzchen für dich finden."

Kevin

Die Sache mit Kevin ließ Frau Martin keine Ruhe. Sie ging im Büro noch einmal alle ihre Unterlagen durch, aber sie fand keine Anmeldung auf den Namen Kevin Krüger. Das hätte sie auch gewundert, denn bei ihr gab es keine Schlamperei. Andererseits konnte sie sich auch nicht vorstellen, dass Eltern ein Kind von zwölf Jahren auf gut Glück in die Ferien schickten.

Deshalb versuchte sie gleich, Kevins Eltern telefonisch zu erreichen. Sie ließ das Telefon am anderen Ende an die zehn Mal läuten, aber niemand hob ab.

„Komisch“, sagte sie zu Kevin, der neben ihr im Büro stand. „Es hebt niemand ab.“

„Wie denn auch?“, erwiderte Kevin. „Bei uns ist doch keiner da. Meine Eltern sind verreist. Auf die Malediven.“

„Ach, du meine Güte!“, entfuhr es Frau Martin. „Das hättest du auch gleich sagen können. Wo genau kann ich sie auf dieser einsamen Inselgruppe im Indischen Ozean erreichen?“

Kevin zuckte nur mit den Schultern. „Keine Ahnung.“

„Weißt du wenigstens, über welches Reisebüro sie gebucht haben?“

Wieder zuckte Kevin mit den Schultern.

Frau Martin wurde nun ein wenig nervös. „Weiß sonst jemand über deine Anmeldung hier auf dem Reiterhof Bescheid? Vielleicht deine Großeltern? Irgendwelche Onkel oder Tanten von dir?“

„Nö. Niemand“, meinte Kevin seelenruhig.

„Junge, du bringst mich mit deinem unerwarteten Auftauchen in ziemliche Schwierigkeiten.“

„Da machen Sie sich mal keine Sorgen“,

meinte Kevin leichthin. „Wenn Sie kein Bett mehr frei haben, schlafe ich eben auf einer Luftmatratze."

„Darum geht es mir nicht", erklärte Frau Martin. „Ich brauche die Unterschrift von einem Erziehungsberechtigten."

„Aber die haben Sie doch bereits!"

„Kevin ... Kevin ..." Frau Martin seufzte. „So kommen wir nicht weiter. Ich kann nur hoffen, dass sich die Sache bald aufklärt. Fürs Erste kannst du natürlich bleiben." Dann aber fügte sie schnell hinzu: „Fürs Erste, sagte ich! Bis ich deine Eltern erreicht habe."

„Danke, Frau Martin!" Nun strahlte Kevin über das ganze Gesicht. „Sie sind schwer in Ordnung!"

„Nun gut." Frau Martin musste lachen, obwohl ihr im Moment gar nicht nach Lachen zumute war. „Geh jetzt zu Tina und sag ihr, dass sie noch ein Bett im Zimmer der Jungen aufstellen soll. Und hilf ihr dabei."

Als die Kinder ihre Zimmer bezogen und ihre Sachen ausgepackt hatten, wurde Kevin zusammen mit den anderen neuen Gästen von Bibi und Tina über den Martinshof geführt. Kevin war interessiert an allem und stellte sehr vernünftige Fragen. Er schien sich mit Pferden auszukennen.

Im Stall allerdings musste er eine Enttäuschung hinnehmen. Die meisten Pferde waren draußen auf der Koppel. Nur Sabrinas Fohlen, der kleine, süße Rappe Felix, stand in seiner Box und blickte neugierig über die Tür. Als er die Besucher kommen sah, reckte er sogleich den Hals nach ihnen, wieherte und schnaubte.

„Ein Fohlen!" Karin machte große Augen. „Ist das niedlich!"

„He! Es ist ja schwarz!" Kevin war begeistert. „Ihr habt ein schwarzes Fohlen!"

„Das ist Felix. Du magst wohl schwarze Fohlen besonders?", fragte Tina.

„Nein, nein, nicht mehr als andere", beeilte sich Kevin zu sagen. „Aber das hier ist besonders niedlich. Na, Felix, kommst du mal zu mir?"

Er streichelte dem Fohlen die Nüstern, doch es schnaubte und wandte sich von ihm ab.

„Hier, nimm einen Apfel", bot Tina an. Kevin hielt ihn Felix auf der flachen Hand vor das Maul, und das Fohlen schnappte mit seinen kräftigen Zähnen sofort zu. Dann kaute und schmatzte es zufrieden.

„Darf ich ihm auch einen Apfel geben?", fragte Gabi, das andere der beiden Mädchen, die zusammen mit Kevin im Zug gekommen waren.

„Später", sagte Tina. „Ein Apfel ist erst mal genug für ihn."

„Gibt es noch andere Fohlen hier?", wollte Kevin wissen.

„Zur Zeit nicht", erklärte Tina. „Aber Felix hat Freunde. Ab und zu kommen sie zu Besuch auf unsere Koppel."

„Ach! Man kann Fohlen zu euch bringen?" Kevin wurde hellhörig. „Und ihr kümmert euch dann um die Tiere?"

„Na klar", sagte Tina, „wenn sie als Gastpferde angemeldet sind."

Das Findel-Fohlen

Immer, wenn neue Ferienkinder auf dem Martinshof eingetroffen waren, wurden zuerst die zotteligen Ponys Max und Moritz von ihnen umlagert. Aber wenn der niedliche Felix auftauchte, drängelten sich alle nur noch um Sabrinas Fohlen. So war es auch heute, und deshalb brachten Bibi und Tina Max und Moritz zu ihrer wohlverdienten Freizeit auf die Koppel.

Amüsiert schauten sie den beiden zu, wie sie ausgelassen hüpften, buckelten und herumtobten. Gerade wollten die Mädchen wieder zum Stall zurückgehen, da stutzte Tina und blieb stehen.

„Schau mal, Bibi!"

Sie zeigte zum Ende der Koppel. „Da hinten, neben der alten Weide ... ist das nicht Felix?“

„Na klar, das ist er“, bestätigte Bibi. „Wie kommt der denn plötzlich hierher? Er muss uns nachgelaufen sein. Eben war er doch noch bei den Kindern.“

„Er hatte bestimmt die Nase voll von der vielen Streichelei!“ Tina lachte. Dann pfiff sie nach dem Fohlen und rief seinen Namen. Doch das Fohlen reagierte nicht, sondern stieß nur ein klägliches Wiehern aus. Die Mädchen schauten einander beunruhigt an. Das sonst so quirlige Fohlen stand wie festgewachsen da. War Felix am Ende in ein Erdloch getreten und hatte sich den Knöchel verstaucht? Und was war mit seinem Fell passiert? Es sah auf einmal viel schwärzer aus, richtig pechschwarz! Da stimmte doch etwas nicht! Sie eilten zum Ende der Koppel ... und blieben verdutzt stehen.

„Bibi!“, rief Tina überrascht. „Das ist nicht Felix!“

„Du hast recht. Das ist ein fremdes Fohlen. Und schau, es ist angebunden." Sie ging vorsichtig näher und schnalzte leise mit der Zunge. „Na, du Kleiner?", sagte sie mit zärtlicher Stimme. „Wer hat dich denn hier vergessen?" Wieder wieherte das Fohlen. „Ja, erzähl uns, was los ist."

„Es sieht nicht so aus, als ob sein Besitzer nur kurz mal zum Blumen pflücken weggegangen ist", überlegte Tina.

„Das glaube ich auch", stimmte ihr Bibi zu. „Ich denke, dass wir den kleinen Kerl mitnehmen müssen."

„Vielleicht hat jemand das Fohlen gestohlen?", überlegte Tina.

„Und dann hat er es hierher gebracht? Nee, du, das glaube ich nicht. Das ergibt doch keinen Sinn."

„Wir nehmen es mit", beschloss Tina. „Mit Rätselraten kommen wir auch nicht weiter."

In diesem Moment zuckte das Fohlen aufgeregt mit den Ohren und schnaubte ängstlich. Von der Landstraße her ertönte das

Knattern eines Motorrades, das rasch lauter wurde.

„He! Was soll denn das?" Tina bemühte sich das Fohlen zu beruhigen, das sich zitternd an sie drängte. „Das klingt ja wie ein Idiot mit Düsenantrieb!"

„Wenn du mich fragst ... das kann nur Freddy sein", meinte Bibi. „Was treibt den denn hier her?"

„Hoffentlich hat das nichts mit unserem alten Traktor zu tun." Tina verzog betrübt das Gesicht. „Der ist nämlich alle Nase lang kaputt. Aber einen neuen können wir uns nicht leisten."

Da war Freddy auf seinem Motorrad auch schon herangekommen. Er hatte wie immer seinen Fransenanzug aus Leder an, was ihm den Spitznamen „Sheriff" eingebracht hatte. Statt des üblichen Stetsons trug er heute aber einen Motorradhelm. Freddy brachte seine Maschine neben der Koppel zum Stehen, ließ den Motor im Leerlauf tuckern und grinste die beiden Mädchen frech an.

„Hallo, ihr Schnuckelchen! Ihr habt wohl schon auf mich gewartet?“

„Komm, halt die Luft an, Freddy!“, entgegnete Bibi.

„Oooch!“ Freddy machte ein übertrieben enttäuschtes Gesicht. „Begrüßt man so einen Freund der Familie?“

„Mann! Dreh endlich den Hahn zu!“, fauchte Tina.

„Mein Schatz, für dich tue ich alles!“, erwiderte Freddy großspurig und tat, was sie von ihm verlangt hatte. Augenblicklich verstummte das Motorengeräusch.

„Quatschkopf!“, meinte Tina verächtlich. Dann zeigte sie auf das schwarze Fohlen, das immer noch ganz verängstigt war. „Sag mir lieber, ob du diesen kleinen Kerl hier kennst? War sein Besitzer vielleicht mit ihm bei euch in der Dorfschmiede?“

„Den Wonneproppen da?“ Freddy legte den Kopf schief. „Der ist gerade mal seine sieben, acht Monate alt, schätze ich. Ist gerade weg von seiner Mutter. Sieht niedlich aus.

Natürlich nicht so niedlich ...", er zwinkerte den Mädchen zu, „...wie ihr beiden!"

„Freddyyyy!", mahnte ihn Bibi. „Tritt auf die Bremse, ja?"

„Okay, okay. Ist ja schon gut." Freddy war leicht gekränkt. Dann blickte er wieder das Fohlen an. „Nein, der Kleine ist kein Kunde in der Schmiede. Heutzutage bringt man Fohlen in dem Alter noch nicht zum Beschlagen."

„Blödmann", sagte Bibi trocken. „Das wissen wir selber."

„Registriere, das Fohlen gehört euch also gar nicht?"

„Mann, du bist ja heute ein richtiger Blitzmerker!", spottete Bibi.

„Na, hört mal!" Freddy verzog beleidigt das Gesicht. „Bin ich Hellseher oder was? Woher soll ich wissen, ob ihr ein neues Fohlen habt oder nicht?"

„Wir haben keins", erklärte Tina. „Das hat jemand ausgesetzt."

„Das ist ein Findel-Fohlen", ergänzte Bibi.

„Na schön." Freddy war wenig beeindruckt.

„Und wo liegt das Problem? Ihr habt einen Reiterhof, also könnt ihr euch über den Zuwachs freuen."

„Vielleicht ist es aber gestohlen worden und jemand vermisst es", wandte Tina ein.

Freddy zuckte mit den Schultern. „Vielleicht. Vielleicht auch nicht ... Ich habe keinen besonderen Bock auf ein Pferdequiz."

„Musst du auch nicht haben!", gab Tina schnippisch zurück. „Was willst du eigentlich bei uns?"

Freddy grinste frech. „'ne Einladung zu Kaffee und Kuchen!" Dann fügte er schnell hinzu: „Nee, im Ernst: Kannst du deiner Mutter schonend beibringen, dass ich an ihrer Schrottkiste von Traktor mindestens noch eine Woche rummurksen muss? Falls das Ding überhaupt noch mal einen Schnaufer von sich gibt."

„Hast du keine bessere Nachricht?"

„Nö. Tut mir leid, mein Herzchen. Ich bin froh, dass ich euch getroffen habe, dann muss *ich* es deiner Mutter nicht beibringen."

Freddy klappte das Visier seines Motorradhelms herunter und startete die Maschine.

„Freddy!“, schimpfte Tina. „Du bist ein Feigling! Sag’s ihr selber!“

Doch Freddy tippte nur lässig mit dem Finger gegen seinen Helm. „Bis die Tage!“, rief er. „Bye-bye, ihr Schnuckelchen!“

Er gab Gas, seine Maschine machte einen kurzen Satz nach vorne, und gleich darauf war der „Sheriff“ um die nächste Biegung verschwunden.

„Blödmann!“, knurrte Tina.

Bibi stimmte ihr zu und fragte dann: „Und? Wie bringst du’s deiner Mutter bei, dass der Traktor immer noch nicht fertig ist?“

„Das weiß ich noch nicht.“ Tina zuckte ratlos mit den Schultern. „Mal sehen.“

„Pass auf. Jetzt bringen wir ihr erst einmal das Fohlen“, sagte Bibi aufmunternd. „Das ist so süß, dass sie an nichts anderes denken wird.“

Da stimmt was nicht!

Es war seltsam. Kaum hatte Kevin gefragt, ob Felix das einzige Fohlen auf dem Martinshof war – schon fanden Bibi und Tina ein zweites Fohlen, das man für einen Zwillingsbruder von Felix hätte halten können. Die Ferienkinder waren natürlich total entzückt über den neuen Gast, und Felix freute sich sehr über den Spielgefährten.

Nur Frau Martins Freude war ein wenig getrübt.

Zu dem Problem mit Kevin war ein zweites hinzugekommen: das Findel-Fohlen. Sie forschte natürlich sofort nach und führte einige Telefongespräche, aber das Ergebnis war alles andere als zufriedenstellend.

„Der Polizei liegt nichts vor, und auf keinem Hof, wo ich nachgefragt habe, wird ein schwarzes Fohlen vermisst."

Sie war ratlos.

„Aber es muss hier aus der Gegend sein", überlegte Tina laut. „Wie soll es sonst auf unsere Koppel gekommen sein?"

„Tja", meinte ihre Mutter. „Frag mich was Leichteres. Die Polizei behält die Sache jedenfalls im Auge."

„Och, mir eilt es nicht", sagte Bibi vergnügt. „Ich fände es toll, wenn sich niemand meldet. Dem Findel-Fohlen geht es doch gut bei uns, alle haben es lieb. Auch Kevin ist total auf den Kleinen abgefahren."

„Stimmt", meinte Tina. „Das ist mir auch schon aufgefallen. Er flüstert ihm pausenlos was ins Ohr."

„Und er ist direkt eifersüchtig, wenn ein anderes Kind mit ihm schmust", fügte Bibi hinzu. „Ich finde das einfach lieb. Kevin ist überhaupt ein total netter Junge."

Ja, das fand Frau Martin auch. Dennoch

wunderte sie sich. Normalerweise zog es doch einen zwölfjährigen Jungen wie Kevin mehr zu den größeren Pferden und nicht zu den kleinen Schmusefohlen.

„Wenn ich seine Eltern nur endlich erreichen könnte“, sagte sie. „Ich möchte, dass sein Aufenthalt hier auf dem Hof endlich geklärt wird.“

Da sprang Bibi plötzlich wie elektrisiert von ihrem Stuhl auf. Tina und ihre Mutter schauten sie erstaunt an.

„Was ist denn?“, fragte Frau Martin.

„Als Sie das gerade von Kevins Eltern gesagt haben, da hat meine Nase ganz toll gekribbelt“, sagte Bibi aufgeregt. „Da stimmt was nicht!“

Tina schaute ihre Freundin bedeutungsvoll an. Sie wusste: Wenn Bibis Hexennase kribbelte, dann war irgendwas im Busch. Aber was?

Es war ein aufregender Tag gewesen ... die neuen Ferienkinder, das unvermutete Erscheinen von Kevin, und dann noch das

Findel-Fohlen. Bibi, Tina und ihre Mutter waren sich einig: Was auch immer nicht stimmen mochte – das aufzuklären, hatte Zeit bis morgen.

Der Brief

Hahn Hubert, die alte Nervensäge, kannte kein Erbarmen und krähte bereits beim ersten Strahl der Morgensonne laut und durchdringend von seinem Misthaufen herab. Das war für Frau Martin und die Mädchen das Signal zum Aufstehen. Bald schon würden sich vier hungrige Ferienkinder im Frühstückszimmer einfinden, und bis dahin gab es viel zu tun ...

Gabi, Karin, Mark und Kevin rieben sich noch die Augen, als sie an dem freundlich gedeckten Tisch Platz nahmen, aber bei Kakao und knusprig-leckeren Brötchen war die Morgenmüdigkeit schnell vergessen. Tina ging herum und schenkte die Tassen voll.

Zu Trinken war genug da, aber plötzlich meldete Karin voller Empörung: „Mark! Das ist schon dein drittes Honigbrötchen! Ich hatte noch gar keines. Und jetzt sind sie alle!"

„Kein Problem." Bibi zwinkerte Karin zu. „Das haben wir gleich. *Eene meene Hasenpfötchen, ein Teller voller Honigbrötchen! Hex-hex!"*

Funken sprühten, Sternchen blitzten, das „Hex-Plingpling" ertönte, und im Nu stand wieder Nachschub auf dem Tisch.

„Wow!" Karin machte große Augen. „Kann man die Brötchen wirklich essen?"

„Na klar, was denn sonst?" Bibi zeigte auf den vollen Teller. „Greift zu. Aber psst! Nichts verraten. Hier darf ich nämlich nicht hexen."

Die Kinder waren beeindruckt von Bibis Hexerei. Karin, die einen besonders großen Appetit zu haben schien, fragte keck: „Kriege ich auch noch 'ne Zuckerschnecke?"

„Von mir aus", sagte Bibi großzügig.

„Ich auch!" – „Ich auch!" – „Ich auch!", riefen Gabi, Mark und Kevin.

Tina warf einen kurzen Blick in die Küche, in der Frau Martin am Werken war. „Aber schnell essen, damit Mutti nichts merkt!“, drängte sie.

„Eene meene Straßenecke, ihr alle habt ’ne Zuckerschnecke! Hex-hex!“

Sternchen und Funken waren kaum verloschen, das „Hex-Plingpling“ war noch nicht verklungen, da kauten die Ferienkinder bereits mit vollen Backen. Tina ließ schnell den Teller unter dem Tisch verschwinden, weil ihre Mutter in diesem Moment hinzukam, um nach dem Rechten zu sehen.

„Na? Alle zufrieden mit dem Frühstück?“, fragte sie freundlich. Karin, Gabi, Mark und Kevin nickten begeistert und brachten nur ein undeutliches „Ja!“ – Prima!“ – „Schmeckt großartig!“ – „Alles super!“ hervor.

Frau Martin wandte sich an Bibi und Tina: „Wenn ihr hier fertig seid, kommt doch bitte mit in mein Büro.“

Die Mädchen schauten sich betreten an. Hatte Frau Martin etwas von Bibis Hexerei mitbekommen? Gab es jetzt ein Donnerwetter? Nein, sie hatten Glück. Es ging nicht um Hexerei, sondern um einen Brief, der heute früh mit der Post gekommen war.

„Hört euch das an", sagte Tinas Mutter und las vor: *„Liebe Frau Martin, ich bitte Sie, meinen Blacky aufzunehmen und gut für ihn zu sorgen. Ich habe ihn sehr lieb. Anbei dreißig Euro für Futter."* Sie hielt zwei Geldscheine hoch, die dem Brief beigelegt waren. *„Ihr dankbarer ...* und nun kommt statt der Unterschrift ein dicker Tintenklecks."

„Blacky?", fragte Tina.

„Damit kann nur unser Findel-Fohlen gemeint sein", folgerte Bibi logisch.

„Der Brief wurde eindeutig von einem Kind geschrieben", stellte Frau Martin fest und zeigte ihn den Mädchen. „Das sieht man an der Handschrift. Und ‚Ihr dankbarer' sagt, dass es ein Junge ist."

„Er scheint auf jeden Fall zu wissen, dass sein Blacky hier bei uns gut aufgehoben ist", sagte Bibi.

„Ob dieser Junge mal bei uns als Ferienkind war?“, überlegte Tina laut.

„Schon möglich“, erwiderte ihre Mutter. „Na, wenigstens wissen wir jetzt, dass Blacky nicht gestohlen wurde und nicht entlaufen ist.“

„Das ist doch super!“, freute sich Bibi. „Dann kann er ja hierbleiben. Der Junge bittet ja regelrecht darum.“

„Dem Brief nach allerdings ohne Wissen der Eltern“, gab Frau Martin zu bedenken. „Und die allein sind für die Haltung des Tieres zuständig.“

„Aber wenn doch niemand das Fohlen vermisst!“, kam Tina ihrer Freundin zu Hilfe.

Doch Frau Martin ließ sich nicht herumkriegen. „Ich gebe den Brief der Polizei“, beschloss sie. „Vielleicht bringt sie das auf eine Spur.“

„Von mir aus brauchen die sich nicht beeilen“, meinte Bibi sorglos. „Blacky ist sooo süß!“

Frau Martin seufzte nur. Was half es ihr, dass Blacky „sooo süß“ war, wenn auf der anderen Seite die Einnahmen des Reiterhofes mit den Ausgaben nicht Schritt hielten? Sie musste sparsam wirtschaften, und nach Kevin war nun das Findel-Fohlen als zweiter kostenloser Gast hinzugekommen. Lange würden die dreißig Euro nicht reichen.

Das war auch Bibi und Tina klar. Deshalb beratschlagten sie während der Mittagsruhe in ihrem Zimmer, wie sie Tinas Mutter helfen konnten. Das Wichtigste war die Antwort auf die Frage: Wie konnten sie Kevins Eltern finden?

Wo sind die Krügers?

„Kannst du keinen Hexspruch zu ihnen schicken?“, fragte Tina hoffnungsvoll.

„Klar kann ich das“, antwortete Bibi. „Aber erst müssen wir checken, ob Kevins Name stimmt, und dann, ob er deiner Mutter die richtige Adresse angegeben hat.“

„Ja, genau! Super!“ Tina sprang auf und klatschte in die Hände. „Falls er von zu Hause abgehauen ist, ist todsicher beides falsch.“

„Gleich wissen wir es“, sagte Bibi. „Leg mal dein Schulheft da auf den Tisch und schlag es auf.“ Tina tat es. Bibi trat hinzu und sagte einen Hexspruch: *„Eene meene schnell und wichtig, wie heißt Kevin Krüger richtig? Hexhex!“*

Sternchen blitzten, Funken sprühten, das „Hex-Plingpling“ ertönte, und auf dem weißen, unbeschriebenen Papier erschien der Name *Kevin Krüger*.

„Wahnsinn!“, meinte Tina voller Respekt. „Und jetzt noch die Adresse.“

„Um das festzustellen, brauche ich eine Landkarte“, sagte Bibi.

Tina kramte sofort in ihrem Bücherregal und brachte eine herbei. „Sonst noch was?“

„Such auch gleich deinen Schulatlas raus“, empfahl Bibi. Dann legte sie das Heft zur Seite und breitete die Landkarte aus. Sie griff nach einem spitzen Bleistift, hielt ihn senkrecht über die Karte und sagte einen Hexspruch: *„Eene meene Mann im Mond, zeig, wo Kevin Krüger wohnt! Hex-hex!“*

Sie ließ den Bleistift fallen, der sogleich über der Landkarte zu tanzen begann. Er wirbelte über ihr herum und zog immer engere Kreise. Dann drehte er sich über einem kleinen Ausschnitt und blieb schließlich stehen. Die Spitze zeigte auf …

„Altstadt! Megastark!“ Tina war beeindruckt. Da konnte ja jeder Detektiv blass vor Neid werden! „Genau das hat Kevin meiner Mutter gesagt.“

„Und jetzt die Eltern!“ Bibi kam richtig in Fahrt. Sie legte den Atlas auf den Boden, schlug ihn aber nicht auf. Dann sagte sie einen weiteren Hexspruch: *„Eene meene Frühlingswind, zeig, wo Kevins Eltern sind! Hexhex!“*

Kaum war der Spruch verklungen, da fuhr ein Windstoß in den Atlas, schlug ihn auf und blätterte geschwind die Seiten um. Dann blieb eine Doppelseite aufgeschlagen. Der Bleistift begann zu zucken und kam mitten über dem Meer zur Ruhe.

„Du, das ist der Indische Ozean“, stellte Tina fest. „Ganz schön weit weg. Schau mal, hier ist eine kleine Inselgruppe mitten im Ozean.“ Sie schaute genauer hin und las: „Ma-le-di-ven-rü-cken.“

„He!“ Bibi strahlte ihre Freundin an. „Kevin hat doch was von ‚Malediven‘ gesagt.“

Gleich darauf begann sich der Stift wieder zu bewegen und kreiste langsam um die Inseln. Sie überlegten, was das zu bedeuten hatte. Da fiel es Bibi ein: „Ganz einfach: Sie machen eine Kreuzfahrt."

„Na klar!" Tina tippte sich an die Stirn. „Sie sind auf einem Schiff, deshalb kann Mutti sie nicht erreichen. Komm, das müssen wir ihr gleich sagen."

„Aber dann weiß sie, dass ich gehext habe", gab Bibi zu bedenken.

„Na und?" Tina winkte ab. „Das ist ein Notfall!"

„Stimmt, da hast du recht." Bibi gab nach. „Aber meine Hexennase", sie griff nach ihr und rieb sie, „kribbelt immer noch."

Eine Sorge weniger

Nun wussten sie zwar mehr über Kevin, aber das half Frau Martin auch nicht weiter. Sie verstand zwar Bibis heimliche Hexerei, aber ihre Stimmung war ziemlich am Boden. Kevin, das Findel-Fohlen und der kaputte Traktor – das war ein bisschen viel auf einmal.

Da hatte Bibi eine Idee. Sie nahm Tina beiseite und tuschelte eine Weile mit ihr. Dann sattelte sie ihre Sabrina und ritt allein nach Falkenstein. Die Schmiede war ihr Ziel. Hier traf sie den „Sheriff" Freddy an. Der junge Mann trug heute statt seines Fransenanzuges aus Leder einen ölverschmierten Mechanikeroverall, war über das Innere eines Traktormotors gebeugt und klopfte und schraubte daran herum.

„Hallo, Kundschaft!“, rief Bibi fröhlich.

Freddys Kopf tauchte auf. „Was? Oh, Bibi!“ Er wischte sich das Gesicht ab, das auch einige Ölflecken abbekommen hatte. „Was willst du denn hier? Versuchst du immer noch rauszukriegen, wer euch das Findel-Fohlen untergeschoben hat?“ Bibi nickte. „Also, *ich* war es nicht, Ehrenwort!“ Freddy hob die Hand wie zum Schwur.

„Ausnahmsweise sagst du sogar mal die Wahrheit“, entgegnete Bibi spöttisch.

„Dann ... kommst du etwa meinetwegen?“ Er grinste. „Wow! Ich wachse gleich einen halben Meter.“

„Typischer Fall von Größenwahn!“, stellte Bibi kichernd fest. „Aber eigentlich wollte ich nur nach dem Traktor vom Martinshof sehen. Mich interessiert, ob du ihn nicht doch wieder hinkriegst.“

„Nie im Leben!“ Freddy gab dem Vorderreifen einen verächtlichen Tritt. „Wie ich

schon sagte: Die Kiste ist im Eimer. Ich suche bloß noch nach ein paar heilen Einzelteilen. Der Rest kommt auf den Schrott."

„Das geht nicht!", protestierte Bibi. „Frau Martin kann sich keinen neuen Traktor leisten."

„Dann hex doch einfach", schlug Freddy vor. „Einmal ‚Plingpling!', und die Mühle läuft wieder. Wie bei der Karre vom Grafen damals. Da hat es doch auch geklappt."

„Ja, aber nicht lange", wandte Bibi ein. „So einfach ist das nicht. Wenn ich Frau Martin helfen will, dann richtig, und nicht nur mit einem Notfallhexspruch wie damals. Und sie darf auf keinen Fall merken, dass ich gehext habe. Dann wird sie nämlich stocksauer."

„Verstehe." Freddy nickte verschwörerisch. „Mach dir mal keine Sorgen. Wenn's der Blechhaufen wieder tut, dann war's natürlich Freddy mit seinen goldenen Mechanikerfingern."

„Gut", meinte Bibi. „Und jetzt halt die Luft an. Absolute Ruhe. … Ich versuch's einfach:

„Eene meene ausprobiert, der Motor läuft jetzt wie geschmiert! Eene meene wunderbar, er tut es noch so manches Jahr! Hexhex!"

Sternchen blitzten, Funken sprühten, und in das „Hex-Plingpling" mischte sich plötzlich das laute Tuckern eines Traktormotors.

„Wow! Cool!" Freddy pfiff anerkennend durch die Zähne. „Sattes Geräusch. Das hätte ich auch nicht besser hingekriegt."

„Angeber!" Bibi lachte und fügte dann hinzu: „Hauptsache, er hält wirklich."

„Der hält", stellte Freddy fachmännisch fest. „Was kriege ich, wenn ich die Kiste heute noch zum Martinshof bringe? Vier Stück Butterkuchen?"

„Okay. Ist gebongt!" Bibi hielt ihm den nach oben gestreckten Daumen entgegen. Dann schwang sie sich auf Sabrina, griff in die Zügel und schnalzte mit der Zunge.

„Komm, Sabrina! Tina und Amadeus stehen bestimmt schon in den Startlöchern und warten auf uns."

Startlöchern? Freddy blickte ihr verwundert nach. Was sollte denn das bedeuten? Da fiel es ihm plötzlich ein: Die beiden hatten bestimmt wieder eines ihrer berühmten Wettreiten vor, für das sie in der ganzen Gegend bekannt waren …

Dem Rätsel auf der Spur

Gleich nachdem Bibi Frau Martin die gute Botschaft überbracht hatte, dass ihr alter Traktor wieder lief, gab Tina das Startzeichen zum Wettreiten. Bibi wusste Bescheid: Wenn Tina es so eilig hatte, dann konnte es nur ein Ziel geben – das Falkensteiner Schloss!

Doch so sehr sich Tina bemühte, sie konnte den Vorsprung, den Bibi gleich zu Beginn hatte, nicht mehr einholen, und so erreichte Bibi auf Sabrina mit einer Pferdelänge Vorsprung das Tor von Schloss Falkenstein.

„Ja, ja“, spöttelte Tina. „Das war der Lohn für die gute Tat mit dem Traktor.“

„Ha-ha!“, machte Bibi. „Von wegen. Das war reines Können.“

„Na, meinetwegen“, lenkte Tina ein. Sie blickte sich suchend um. „Komisch, wo steckt denn Alex? Er wollte uns doch hier draußen abholen.“

„Wenn schon, ist doch kein Problem“, meinte Bibi, griff nach der großen Glocke und läutete kräftig.

„Pscht!“, zischte Tina und machte eine abwehrende Handbewegung. „Nicht läuten. Wir kriegen Ärger mit dem Grafen, wenn er uns hier zusammen sieht. Alex muss jeden Tag drei Stunden pauken.“

„Der Arme! Es sind doch Ferien“, sagte Bibi mitfühlend und fügte hinzu: „Was wollen wir dann überhaupt hier, wenn Alex beschäftigt ist?“

„Na ja … ich dachte, wir erzählen Alex mal von Kevin. Ich meine nur so … weil doch deine Hexennase so kribbelt!“

„He, das ist gar nicht dumm!“ Bibi zwinkerte ihrer Freundin vergnügt zu. „Vielleicht kommt ja Alex dem verzwickten Kevin-Rätsel auf die Spur.“

Alex hatte das Läuten gehört, aber nicht sein Vater, der Graf. Der war ausgeritten, um auf dem Anwesen nach dem Rechten zu sehen. Also konnte Alex getrost seine Bücher liegen lassen und mit Bibi und Tina hinaus zum Reitplatz des Schlosses spazieren. Die Mädchen waren abgesessen und führten ihre Pferde am Zügel. Unterwegs erzählten sie Alex die ganze Geschichte mit Kevin. Er hörte aufmerksam zu und fand auch gleich den Knackpunkt.

„Ich fasse noch mal kurz zusammen“, sagte er und zählte an den Fingern ab: „Erstens war Kevin nicht angemeldet, dann kam er am gleichen Tag wie euer Findel-Fohlen und ist vom ersten Moment an ganz verrückt nach diesem Blacky. Fällt euch da nichts auf?“

Bibi und Tina blickten einander an. Auffallen? Was sollte ihnen denn auffallen?

„Erinnert ihr euch noch an das Mädchen, das das Theater mit dem Schmusepony abgezogen hat, als ihr Vater es verkaufen wollte?“, fragte Alexander.

„Ach, ja, genau“, sagte Tina. „Du meinst Anja Arnold mit ihrem ‚Shetty‘.“

„Richtig. Ich wette, euer Kevin hat ein ähnliches Problem. Aber bei ihm ist es wieder ganz anders, denn er tut obendrein noch so, als wäre er ein Feriengast.“

„Was denn? Du meinst, er hat sich eingeschmuggelt bei uns?“, fragte Tina.

„Bestimmt.“ Alex nickte. „Er wird herausgekriegt haben, dass Freitag bei euch Anreise ist. Dann brauchte er nur noch im richtigen Zug zu sein und die Bekanntschaft von Karin, Gabi und Mark zu machen.“

„Raffiniert.“ Tina schnalzte mit der Zunge. „Aber wie ist sein Fohlen auf die Koppel gekommen?“

„Das hat er natürlich vorher irgendwie hingebracht. Ganz schön clever, der Junge.“

„Du aber auch“, lobte Tina den Freund. „Nicht schlecht, deine Überlegungen.“

„Schade, dass *wir* nicht draufgekommen sind“, meinte Bibi bedauernd.

Daraufhin lächelte Alex ein wenig frech und

sagte: „Das ist logisches Denken, Bibi. Das können nur Männer.“

„Ha-haaa!“, machten die Mädchen, und Bibi fragte keck: „Weiß deine ‚logische Denke‘ auch, warum sich Kevin ausgerechnet den Martinshof für sein Spiel ausgesucht hat?“

Alex war um eine Antwort nicht verlegen: „Das ist doch sonnenklar ... Er kennt wahrscheinlich diese Anja Arnold und hat ihr einfach alles nachgemacht.“

Bibi und Tina nickten zustimmend. Ja, so musste es gewesen sein. Konnten Jungs nun besser kombinieren als Mädchen?, fragten sie sich. Oder war Alex besonders schlau? Wie auch immer, wichtig war: Wie konnte man Kevin die Wahrheit entlocken?

Als sie wieder auf dem Martinshof waren, marschierte Bibi direkt zu Kevin, der im Stall vor Blackys Box stand und mit dem Fohlen schmuste. Sie stellte sich neben ihn und sagte: „Du kannst prima mit Pferden umgehen. Hast du zu Hause auch eins?“

„Nur ein Fohlen“, antwortete er und blies dabei zärtlich in Blackys Nüstern. „Es ist sieben Monate alt und hat gerade aufgehört Muttermilch zu saugen.“

„Genau wie Blacky“, sagte Bibi darauf ganz harmlos.

„Ja.“ Kevin nickte, allerdings ein wenig zu eifrig, wie Bibi fand. „Blacky und mein Fohlen sind sich sehr ähnlich.“

Bibi schaute den Jungen prüfend an und sagte dann: „Weißt du was? Ich glaube, Blacky *ist* dein Fohlen.“

Kevin zuckte zusammen und wurde rot. „Nein, nein! Blacky ist nicht mein Fohlen!“, sagte er hastig.

„Stimmt“, erwiderte Bibi trocken. „Genau genommen gehört es deinen Eltern.“

Kevin wurde nervös und fuhr Bibi an: „Was soll der Quatsch?! Was willst du von mir?“

„Kevin“, sagte Bibi ruhig. „Gib doch zu, dass du uns etwas vorgemacht hast.“

„Hau ab!“ Kevin blickte zur Seite. „Lass mich in Ruhe!“

„Kevin ..." Bibi gab nicht auf. „An Blacky denkst du wohl gar nicht? Er ist noch so klein. Bestimmt vermisst er seine Mama."

„Woher soll ich das wissen?", fragte Kevin und zuckte mit den Schultern. „Außerdem hat er ja Felix."

„Felix ist kein Muttterersatz", fuhr Bibi geduldig fort. „Wo ist die Mutter von Blacky? Bitte, Kevin, sag's mir."

Doch was auch Bibi versuchte, um die Wahrheit aus ihm herauszulocken, Kevin erzählte nichts über Blackys Mutter, über sein Zuhause, über seine Eltern. Er blieb stur und blockte immer wieder ab. Schließlich beschimpfte er sie sogar: „Ich brauche keine Hilfe! Du bist doof!"

Mit diesen Worten drehte er sich von ihr weg und rannte davon.

Bibi blickte ihm enttäuscht nach und verließ ebenfalls den Stall. Sie kam gerade dazu, als Freddy auf dem Traktor des Martinshofes eintraf. Der „Schrotthaufen", wie Freddy immer respektlos sagte, lief so gleichmäßig wie nie zuvor. Frau Martin konnte es kaum fassen.

„Freddy! Du hast den Motor tatsächlich wieder hingekriegt!"

„Ich hab unter unseren Altteilen genau das Richtige für Ihren Schrotthaufen gefunden", sagte er und fügte entschuldigend hinzu: „So war das nicht gemeint!"

„Ist schon gut", erwiderte Frau Martin. „Jede Woche, die das alte Ding noch läuft, ist wie ein Wunder für mich."

„Na, da machen Sie sich mal auf ein Superwunder gefasst!", prahlte Freddy. „Ich hab dafür gesorgt, dass es Ihr Traktorchen noch lange tut."

„Ach, Freddy!" Frau Martin seufzte erleichtert auf. „Ich glaub's nicht. Kannst du zaubern?"

„So was Ähnliches!" Freddy kicherte spitzbübisch. „Wenn die Kiste trotzdem streikt, repariere ich sie umsonst."

„Nein … das kann ich nicht annehmen", meinte Frau Martin verlegen.

Freddy strahlte sie an. „Für einen Teller voll Butterkuchen mache ich alles!"

„Gut, dass Bibi mich vorgewarnt hat. Komm rein. Kaffee und frischer Butterkuchen stehen schon auf dem Tisch."

Freddy ließ sich das nicht zweimal sagen. Er putzte sich sorgfältig die Schuhe ab, als er ins Haus trat, und setzte sich zufrieden auf einen Küchenstuhl.

„Mann!" Freddy strahlte. „Wenn ich mal heirate, muss das Mädel so sein wie Sie, Frau Martin!"

Tinas Mutter errötete ein ganz klein wenig und lachte. „Danke, Freddy! Was für ein reizendes Kompliment! Greif zu." Sie deutete auf den vollen Teller mit Kuchenstücken. „Es muss nichts übrig bleiben."

Die „Verschwörung"

Die Butterkuchenschlacht war zwar wunderschön und sehr lecker gewesen, aber mit dem heilgehexten Traktor war das Findel-Fohlen-Problem noch nicht gelöst. Deshalb musste sich Bibi etwas Neues einfallen lassen. Da hatte Tina eine Idee: Sie rief Alex im Schloss an.

„Hi, Tina!", begrüßte er sie, als sie sich gemeldet hatte. „Was ist denn passiert?"

„Kevin verkriecht sich und will nichts zugeben."

„Wundert dich das?"

„Sag mal, kannst *du* nicht mit ihm reden?", schlug Tina vor. „Ich meine, so von Mann zu Mann?"

Alex musste lachen. „Das kann ich schon. Hauptsache, er hält mich nicht für seine Mutter."

„Sehr witzig!" Tina verdrehte die Augen. „Also, was ist? Tust du es?"

„Na klar!", antwortete Alex mit tiefer Stimme. „Ich sage zu ihm: Hör zu, mein junger Freund ... Ich bin der Sohn vom Grafen, und jetzt raus mit der Wahrheit, sonst sperre ich dich in das finstere Schlossverlies!"

„Ach, Alex!" Tina war nicht nach Scherzen zumute. „Stell dich nicht so an."

„Wie soll es denn ablaufen?", fragte Alex, jetzt wieder ernsthaft.

„Wir drehen es so hin, dass ihr beiden euch zufällig auf unserer Koppel trefft. Allein natürlich."

„Okay", sagte Alex gutmütig. „Ich bin in einer Stunde dort."

Tina musste nun Kevin in einer Stunde allein auf die Koppel bekommen. Würde sie das schaffen?

Sie suchte nach ihm und entdeckte ihn vor dem Pferdestall. Bibi zeigte ihm gerade, wie man Blackys Mähne pflegte.

„Seine Haare sind total verfilzt“, stellte Kevin fest. „So ein Mist!“

„Damit kommst du mit dem Pferdekamm nie durch. Nimm lieber die Mähnenbürste“, empfahl Bibi.

Kevin tat es und versuchte Blacky dabei nicht weh zu tun. In diesem Moment kam Tina und rief mit gekünstelter Stimme nach Bibi.

„Jahaa! Was ist?“, rief Bibi ebenso zurück.

„Wir müssen noch mal satteln und ins Dorf reiten“, antwortete Tina in einem geschäftlichen Ton.

„Das ist jetzt aber schlecht“, gab Bibi mit einem ernsten Gesichtsausdruck zu bedenken. „Wir sollten doch Blacky zur Koppel bringen und dort nach dem Rechten sehen.“

„Das geht jetzt nicht!“

„*Ich* könnte doch Blacky zur Koppel bringen“, schlug Kevin vor. „Ich weiß den Weg dorthin ganz genau.“

„Super!“ Tina tat so, als wäre ihr soeben eine schwere Last abgenommen worden. „Danke, Kevin! Du bist der Einzige, dem Blacky folgt, ohne Zicken zu machen.“

Die Mädchen ließen Kevin mit Blacky allein, sattelten ihre Pferde und taten so, als würden sie gleich anschließend ins Dorf reiten. Kevin achtete gar nicht mehr auf die beiden, sondern beeilte sich, Blacky auf die Koppel zu bringen. Als er außer Sicht war, zwinkerten Bibi und Tina einander zu.

„Eins plus!“, lobte Bibi. „Das war eine tolle Idee!“

„Danke für die Blumen.“ Tina war auch zufrieden. Jetzt kam endlich Bewegung in das Ganze. „Wir lassen Alex und Kevin genug Zeit, um alles zu bereden, und dann tauchen wir auf.“

„Hoffentlich klappt es, und er packt endlich aus“, sagte Tina. „Kannst du nicht noch ein bisschen nachhelfen? Mit so was wie einem Vertrauens-Hexspruch. Den gibt’s doch bestimmt, oder?“

„Und ob! Pass auf: *Eene meene hoffnungs-voll, Kevin findet Alex toll! Eene meene hoch-beglückt, vertraut ihm an, was ihn bedrückt! Hex-hex!*"

„Super!" Tina lachte. „Da ist ja alles drin. Schade, dass wir nicht dabei sein können."

Ein Gespräch von Mann zu Mann

Alex machte sofort großen Eindruck auf Kevin, als er sicher und selbstbewusst auf Maharadscha angeritten kam und sich lässig aus dem Sattel schwang.

Er nickte Kevin freundlich zu, bevor er die Koppel betrat und einen durchdringenden Pfiff ausstieß. Sofort warf eine Gruppe von Pferden die Köpfe herum und spitzte die Ohren. Dann kamen sie wiehernd angaloppiert und drängten sich um Alex. Der klopfte ihnen die Hälse und begrüßte sie freundlich: „Na, ihr Rasselbande! Alles in Ordnung mit euch?"

„Wow! Cool!" Kevin machte große Augen. Er gab Blacky einen Klaps, worauf dieser davontrabte, und wandte sich den Pferden zu. „Sind die schön! Wieso gehorchen sie dir?“

„Das sind Wildpferde aus Ungarn“, erklärte Alex. „Ab und zu gibt sie mein Vater zur Pflege auf den Martinshof.“

„Habt ihr keinen Platz zu Hause?“, wollte Kevin wissen.

„Platz haben wir schon.“ Alex lachte. „Die Pferdekoppel vom Falkensteiner Schloss ist groß genug für eine ganze Herde.“

„Du wohnst auf dem Schloss?“

„Hmmm.“ Alex nickte. „Auf Schloss Falkenstein. Es gehört meinem Vater, dem Grafen.“

„Echt?“ Kevin war beeindruckt. „Wow! Dann bist du ja auch ein Graf!“

„Nimm’s nicht so tragisch. Sag Alex zu mir.“

„Wirklich? Einfach Alex? Klasse. Ich heiße Kevin. Du ...?“ Er platzte fast vor Neugierde. „Wie ist es denn so, wenn man Graf ist?“

„Nicht viel anders als bei dir auch. Ich gehe zur Schule, mache meine Hausaufgaben, treffe Freunde und trainiere mit meinem Pferd. Übrigens: Das ist Maharadscha.“

„Darf ich ihn streicheln?“, fragte Kevin vorsichtig.

„Na klar, wenn du weißt, wie man sich einem Pferd nähert.“

„Sicher weiß ich das. Von vorne“, sagte Kevin selbstbewusst. „Ich habe auch ein Pferd, aber es ist noch zu klein zum Reiten. Es ist ein schwarzes Fohlen.“

„He! Ist hier eine Epidemie ausgebrochen?“ Alex lachte und tat höchst erstaunt. „Hier sind zwei schwarze Fohlen, und du hast auch eins. Das sind dann schon drei.“

„Nein, nur zwei“, sagte Kevin. „Eins von den beiden gehört mir ja.“

„Das Kleine neben Felix da hinten ist deines?“, fragte Alex und deutete zum Ende der Koppel, wo die beiden Fohlen miteinander spielten.

Kevin nickte eifrig und packte dann Alex am Arm. „Verrat mich bloß nicht. Ich habe es heimlich hergebracht. Es heißt ‚Blacky‘.“

„Ein feiner kleiner Kerl.“ Alex nickte anerkennend. „Du kannst stolz auf ihn sein.“

„Das bin ich auch!“, sagte Kevin strahlend.

Nun war das Eis zwischen ihnen gebrochen, und Kevin ließ die Katze aus dem Sack. Er machte endlich reinen Tisch und erzählte die ganze Geschichte. Innerlich musste Alex grinsen, denn es war genau so, wie er vermutet hatte. Aber er tat, als wäre ihm alles neu, und ließ sich nichts anmerken.

Eine haarsträubende Geschichte

„Soso, nach Neustadt zieht ihr?“, sagte er, als Kevin zu Ende erzählt hatte. „Cool. Bibi wohnt auch dort. Da ist immer eine Menge los.“

„Das ist gar nicht cool!“, widersprach Kevin. „Blacky darf ja nicht mit. Und ohne ihn kann mir Neustadt gestohlen bleiben. Mein Vater will ihn verkaufen. Meine Eltern wollen überhaupt keine Pferde mehr. Ihre Reitpferde haben sie bereits verkauft.“

„Schade“, meinte Alex.

„Ich mache das nicht mit!“ Kevin wurde heftig. „Ich mache das Gleiche wie Anja Arnold. Die geht in meine Klasse“, fügte er hinzu, als Alex ihn fragend ansah. „Ihr Vater wollte ihr das Pony wegnehmen. Da hat sie es heimlich auf den Martinshof gebracht, und zum Schluss wurde alles gut."

Alexander nickte. „Ja, ja, ich habe davon gehört."

„Wenn meine Eltern aus dem Urlaub zurück sind, können sie Blacky suchen, bis sie schwarz werden", fuhr Kevin eifrig fort. „Die kommen nie darauf, dass ich dahinter stecke. Hier suchen sie nicht, denn für sie bin ich im Ferienlager."

„Wirst du dort denn nicht vermisst?"

„Nö." Kevin kicherte. „Für die liege ich zu Hause krank im Bett."

Alex stieß einen leisen Pfiff aus. Dieser Junge hatte es ja faustdick hinter den Ohren! Der traute sich was.

„Was ist mit dem Pferdetransport?", hakte er nach. „Den kann man doch nachprüfen."

„Alles geritzt!" Kevin winkte lässig ab. „Der große Bruder von meinem Freund hat mir den Gefallen getan und Blacky in einem Anhänger hergebracht. Der hält dicht."

„Du denkst auch an alles“, stellte Alex anerkennend fest. „Und auf dem Martinshof hast du dann einfach gesagt, du wärst angemeldet?“ Kevin nickte. „Aber die Unterkunft, die Verpflegung, die Reitstunden … das ist doch nicht umsonst. Hast du so viel Geld?“

„Wieso?“ Plötzlich wurde Kevin rot und druckste herum: „Du meinst … ähhh … Frau Martin …“

„Allerdings! Sie muss doch für alles eine Rechnung an deine Eltern schicken. Spätestens dann fliegt die Sache mit Blacky auf.“

„Au weia!“ So weit hatte Kevin nicht gedacht. Deshalb gab ihm Alex einen guten Rat: Er sollte zu Frau Martin gehen und alles beichten. Das würde in dieser Situation das Vernünftigste sein.

Kevin tat es – und er sollte es nicht bereuen. Frau Martin verstand ihn gut und konnte sich in sein Problem hineinversetzen. Es musste für den Jungen und sein Fohlen eine Lösung geben.

„Überlege doch mal …“, sagte Frau Martin freundlich. „Was nützt dir Blacky hier auf dem Hof, wenn du in Neustadt bist?“

„Ich kann ihn besuchen! An den Wochenenden.“

Frau Martin schaute Kevin zweifelnd an. „Wenn deine Eltern entschieden haben, dass ihr erst einmal keine Pferde haltet, erlauben sie dir das bestimmt nicht.“

„Dann komme ich eben in den Ferien wieder!“ Kevin gab nicht so schnell auf.

„Ist das nicht etwas wenig für eine Beziehung zu einem Pferd?“

„Aber was soll aus Blacky werden?“, fragte Kevin verzweifelt.

„Ganz einfach: Blacky bekommt einen neuen Besitzer, der ihn genauso lieben wird wie du ihn.“

„Niemals!“, rief Kevin aufgebracht. Er war den Tränen nahe. „Keiner kann Blacky so lieben wie ich!“

„Ach, Kevin! Ich verstehe dich ja. Komm her …“ Frau Martins legte tröstend den Arm um ihn. „Ich mache dir einen Vorschlag: Wenn deine Eltern einverstanden sind, kümmere ich mich um einen geeigneten Käufer. Ich verspreche dir, dass es Blacky sehr gut haben wird. In Ordnung?“

Kevin seufzte tief und sagte dann leise: „Nun ja … hmmm … in Ordnung.“

Der Abschied

Das hatte Frau Martin wieder einmal wunderbar hinbekommen. Sie war einfühlsam und geduldig und fand für jedes Kind den richtigen Ton und für jedes Problem die richtige Lösung.

Natürlich konnte Kevin für den Rest der Ferien auf dem Hof bleiben. Er war aufgeweckt und hilfsbereit, und alle mochten ihn gern. So vergingen für ihn die Tage wie im Flug, und als seine Eltern aus dem Urlaub zurückwaren, konnte Frau Martin endlich mit ihnen telefonieren und mit den richtigen Worten die Wogen glätten. Die Krügers und sie machten aus, dass Blacky den ganzen Sommer über auf dem Martinshof bleiben sollte. Kevin könnte an den Wochenenden sein Fohlen besuchen, und seine Eltern würden auch mitkommen.

Dann hieß es für die Ferienkinder Abschied nehmen. Karin und Gabi, Kevin und Mark waren ein bisschen traurig, als sie zum letzten Mal zu Blacky und Felix auf die Koppel gingen.

„Hoffentlich wirst du nicht so schnell verkauft“, sagte Karin zu Blacky und strich ihm liebevoll über die Nüstern. „Nächstes Jahr kommen wir nämlich wieder.“

„Schau, wir haben dir auch was mitgebracht, damit du uns in guter Erinnerung behältst.“ Gabi hielt dem Fohlen einen saftigen Apfel hin, den es vorsichtig packte und mit seinen kräftigen Zähnen genüsslich zerkaute. Dann bettelte Blacky um mehr, aber der zweite Apfel war für Felix.

Kurz darauf ertönte aus der Ferne das Röhren eines Motorrades, das rasch lauter wurde.

„Das ist Freddy!“, meinte Tina. „Was will denn der schon wieder?“

Bibi lachte. „Bestimmt Butterkuchen, wie ich ihn kenne!“

Freddy kam mit gedrosseltem Motor langsam den Koppelweg entlang gefahren und hielt vor der Gruppe an. Er schaltete die Zündung aus und grinste freundlich.

„Hallo, ihr Schnuckelchen!“, rief er vergnügt zu Bibi und Tina. „Alles paletti? Die Schrottkiste von Traktor läuft noch? Ich wollte nur mal nach dem Rechten sehen.“

„Und Kuchen abstauben!“, fügte Bibi amüsiert hinzu.

„Na, hör mal! Was hältst du von mir?“ Freddy tat empört. „Ich wollte mir nur euer Findel-Fohlen nochmal genauer ansehen.“

„Warum?“, wollte Bibi wissen.

„Es soll doch verkauft werden, oder?“ Tina nickte. „Vielleicht kaufe ich es, dann könnte es bei euch bleiben. Und wenn es als Reitpferd eingesetzt wird, teilen wir uns den Verdienst.“

Doch Tina winkte ab.

„Vergiss es, Freddy. Wir mieten keine Reitpferde."

Freddy ließ nicht locker: „Ist deine Mutter zu Hause? Ich kann doch mal mit ihr verhandeln."

„Spinner!" Tina verzog den Mund. „Meine Mutter wird dir auch nichts anderes erzählen. Vergiss Blacky."

„Außerdem hast du gar kein Geld!", warf Bibi ein.

„Na und? Ich könnte doch noch ein paar Schrottkisten reparieren. Aber nicht für Butterkuchen!"

„Wenn das so ist: Viel Vergnügen", sagte Tina spöttisch und wandte sich wieder den Ferienkindern zu. „Freddy, du nervst heute gewaltig!"

Der „Sheriff" merkte, dass er überflüssig war. Er startete wieder sein Motorrad.

„Bye-bye!", rief er. „Und passt ja gut auf mein Fohlen auf!" Dann gab er Gas und fuhr mit lautem Geknatter davon.

„So eine Knalltüte!“ Tina blickte ihm missmutig nach. „Warum müssen Jungs bloß immer so angeben?“

„Wieso fragst du mich?“, erwiderte Bibi spitzbübisch. „Frag Alex.“

„Keine Chance. Vor morgen sehe ich ihn nicht, und dann ist das Thema nicht mehr aktuell.“

Bibi lächelte die Freundin verschmitzt an. „Was kriege ich, wenn ich dir sage, dass du Alex heute noch siehst?“

„Hmm …“ Tina überlegte kurz. „Ein Wettreiten.“

„Verstehe!“ Bibi lachte. „Du brauchst ja noch eine Revanche. Abgemacht!“

Wie auf Kommando stiegen die beiden flink auf ihre Pferde, gaben ihnen Schenkeldruck, und schon liefen Amadeus und Sabrina los. Kaum hatten sie die Koppel verlassen, schlug Bibi einen Weg ein, den sie beim Wettreiten kaum benutzten.

„He!“, rief ihr Tina zu. „Wo willst du denn hin?“

„Zu Alex natürlich!“, gab Bibi zurück.

„Das ist die falsche Richtung!“

„Irrtum! Mach die Augen auf! Siehst du ihn denn nicht?“ Bibi lachte und zeigte zum Waldrand. „Da hinten kommt er. Los! Wer zuerst bei ihm ist!“

„Na, warte! Du hast mich reingelegt!“ Tina protestierte, musste dann aber ebenfalls lachen. „Los, Amadeus! Tempo! Die ersten sind wir!“

Und tatsächlich. Amadeus strengte sich an wie nie, legte einen tollen Endspurt hin und ließ Sabrina mit ihrer Reiterin um zwei Pferdelängen hinter sich.

Alex freute sich, die beiden Freundinnen zu treffen, und er nahm gern Tinas Einladung zu Kakao und frischem Butterkuchen draußen im Garten des Martinshofes an. Frau Martin hatte dieses Kaffeekränzchen für die Ferienkinder veranstaltet – zum fröhlichen Abschied, wie sie sagte. Sicher würde sich Kevin über das Erscheinen von Alex sehr freuen.

Als sie in den Hof ritten, wehte ihnen schon der Duft des frischen Kuchens verführerisch um die Nase.

„Kinder, greift tüchtig zu. Es ist genug für alle da!“, rief Frau Martin gerade und stellte eine große Platte mit Kuchenstücken auf den gedeckten Gartentisch.

„Lasst euch das nicht zweimal sagen!“, rief ihnen Bibi von Sabrinas Rücken herab zu und lachte. „Esst, bevor der Duft bis in die Dorfschmiede hinüber zieht und ein gewisser Freddy ihn in die Nase bekommt. Dann ist der wie der Wind hier, und euch bleiben bloß noch ein paar Krümel!“

Zwei zum Pferdestehlen

Bibi & Tina®

von Theo Schwartz

Habe ich ❑	Band 1	Das Fohlen vom Martinshof	❑ Wünsche ich mir
Habe ich ❑	Band 2	Amadeus ist krank	❑ Wünsche ich mir
Habe ich ❑	Band 3	Papi lernt reiten	❑ Wünsche ich mir
Habe ich ❑	Band 4	~~Das~~ Zirkuspony	❑ Wünsche ich mir
Habe ich ❑	Band 5	Das Heiderennen	❑ Wünsche ich mir
Habe ich ❑	Band 6	Der Abschied	❑ Wünsche ich mir
Habe ich ❑	Band 7	Tina in Gefahr	❑ Wünsche ich mir
Habe ich ❑	Band 8	Der Hufschmied	❑ Wünsche ich mir
Habe ich ❑	Band 9	Der fliegende Sattel	❑ Wünsche ich mir
Habe ich ❑	Band 10	Das Zeltlager	❑ Wünsche ich mir
Habe ich ❑	Band 11	Papis Pony	❑ Wünsche ich mir
Habe ich ❑	Band 12	Der Liebesbrief	❑ Wünsche ich mir
Habe ich ❑	Band 13	Alle lieben Knuddel	❑ Wünsche ich mir
Habe ich ❑	Band 14	Der rote Hahn	❑ Wünsche ich mir
Habe ich ❑	Band 15	Das Herbstturnier	❑ Wünsche ich mir
Habe ich ❑	Band 16	Die Lipizzaner	❑ Wünsche ich mir
Habe ich ❑	Band 17	Der Pferdegeburtstag	❑ Wünsche ich mir
Habe ich ❑	Band 18	Die Tierärztin	❑ Wünsche ich mir

Habe ich ❑	Band 19	Das Gespensterpferd	❑ Wünsche ich mir
Habe ich ❑	Band 20	Die falsche Freundin	❑ Wünsche ich mir
Habe ich ❑	Band 21	Das Pferd in der Schule	❑ Wünsche ich mir
Habe ich ❑	Band 22	Der Pferdetausch	❑ Wünsche ich mir
Habe ich ❑	Band 23	Gefahr für Falkenstein	❑ Wünsche ich mir
Habe ich ☒	Band 24	Das Findel-Fohlen	❑ Wünsche ich mir
Habe ich ❑	Band 25	Der Glücksbringer	❑ Wünsche ich mir
Habe ich ☒	Band 26	Konkurrenz für Alex	❑ Wünsche ich mir
Habe ich ☒	Band 27	Der Pferdedieb	❑ Wünsche ich mir
Habe ich ❑	Band 28	Die Schnitzeljagdfalle	❑ Wünsche ich mir
Habe ich ❑	Band 29	Die wilde Meute	❑ Wünsche ich mir
Habe ich ☒	Band 30	Ein ungebetener Gast	❑ Wünsche ich mir
Habe ich ❑	Band 31	Die Pferdeprinzessin	❑ Wünsche ich mir
Habe ich ❑	Band 32	Besuch aus Spanien	❑ Wünsche ich mir
Habe ich ❑	Band 33	Freddy in der Klemme	❑ Wünsche ich mir
Habe ich ☒	Band 34	Der Verehrer	❑ Wünsche ich mir
Habe ich ❑	Band 35	Der verhexte Wanderritt	❑ Wünsche ich mir
Habe ich ❑	Band 36	Der verschwundene Pokal	❑ Wünsche ich mir
Habe ich ❑	Band 37	Die Überraschungsparty	❑ Wünsche ich mir
Habe ich ❑	Band 38	Das Amulett der Gräfin	❑ Wünsche ich mir
Habe ich ☒	Band 39	Die rätselhafte Schatzsuche	❑ Wünsche ich mir
Habe ich ☒	Band 40	Das große Teamspringen	❑ Wünsche ich mir
Habe ich ☒	Band 41	Die Waschbären sind los	❑ Wünsche ich mir
Habe ich ☒	Band 42	Holgers Versprechen	❑ Wünsche ich mir
Habe ich ☒	Band 43	Das Tierarzt-Praktikum	❑ Wünsche ich mir

www.schneiderbuch.de

EGMONT Verlagsgesellschaften

Schneider Buch